¿Quién es ese Monstruo?

¿y ese otro?

nicanitasantiago
LIBROS PARA CHICOS ■ BOOKS FOR CHILDREN

© Hardenville S.A.
Andes 1365, Esc. 310
Edificio Torre de la Independencia
Montevideo, Uruguay

ISBN 84-96448-00-2

Impreso en China · Printed in China

¿Quién es ese Monstruo?

¿y ese otro?

Textos

Jan Tich

Ilustraciones

Viviana Bilotti

Diseño
Retoque Digital

www.janttiortiz.com

Este cuento no puede comenzar diciendo
"había una vez". Es imposible, ya que
no transcurre en un momento o en un
tiempo con principio y fin, sino que existe
desde siempre y para siempre.

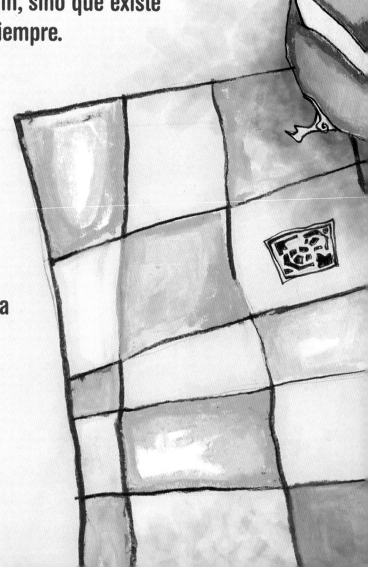

¿Sabes una cosa?
Es poco lo que la gente
sabe de mí.
Hace mucho, mucho
tiempo que vivo allí…
Estoy detrás de las
cortinas del baño o de la
habitación. Tal vez
debajo de la cama.

Tiemblan los niños con sólo
pensar que puedo llegar
a estar agazapado dentro
de sus armarios o en el
sótano de sus casas.

O en la casa donde se
quedaron a dormir en esta
noche de tormenta.

Todos se asustan
terriblemente de mí, sin
haberme visto jamás.

Existo desde siempre, adentro…
en lo profundo de cada mente.
¡Jamás, jamás me han visto!
Aun así, los niños sufren, y sus
corazones palpitan cada vez
más fuerte, "bum, bum, bum",
imaginando que allí estoy,
esperándolos para darles el
susto más grande de sus vidas.

Esto realmente nunca sucedió.
Yo sigo siendo lo que
jamás fue, encerrado dentro
de las fantasías.
Nadie desea verme, porque me
imaginan feo, malo, horroroso.
¿Sabrán que nunca apareceré?
Ha sido de este modo
por miles de años.
Yo lo sé.
Yo no existo.
Jamás saldré.

Aún no sé por qué siguen
buscándome en la oscuridad,
en las sombras de las
escaleras y los bosques.
Nadie en la vida me encontró.

Pero todos han experimentado mi presencia.
¿Dónde estoy?
Tú lo sabes.
En tu mente estuve más de una vez.

Te invito a un juego.
Dibújame si puedes.
Monstruo monstruoso de
ojos saltones, de horror,
de miedo, de voz ronca y
andar tenebroso.
¿Seguro que ése soy yo?

Píntame como tú
quieras que sea.

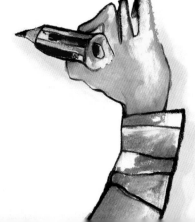

Si fuera lo que yo quiero,
sería un monstruo amigo.
Lleno de colores,
sonrisas y flores.
Sería tu compañía en las
noches aburridas.

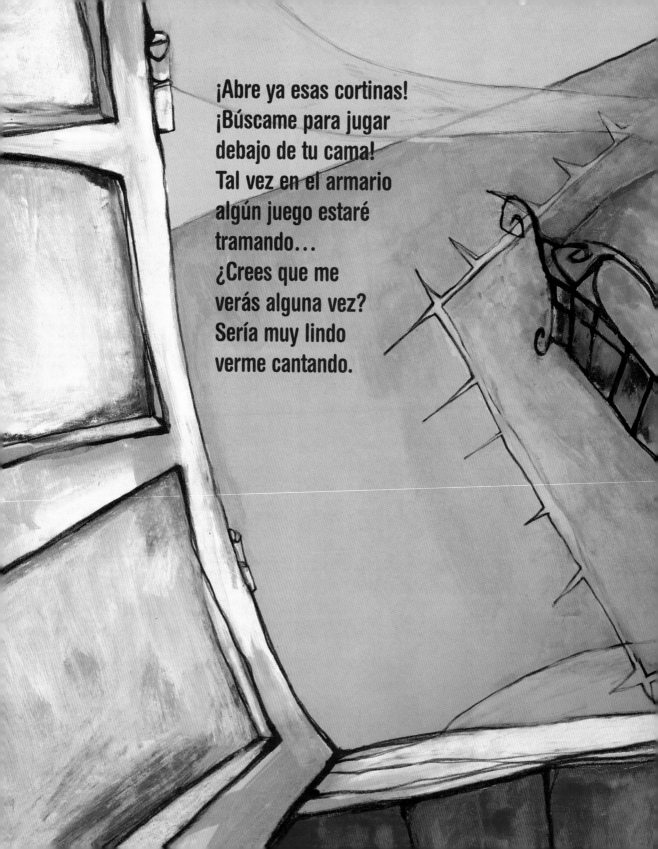

¡Abre ya esas cortinas!
¡Búscame para jugar
debajo de tu cama!
Tal vez en el armario
algún juego estaré
tramando…
¿Crees que me
verás alguna vez?
Sería muy lindo
verme cantando.

Sin embargo, estoy y no soy.
Soy terrible o muy bueno…
como tú lo desees.
¡Tú me tienes que inventar!
Juega conmigo
y dame el lugar que
creas que puedo ocupar.
Tú tienes el control.
Yo simplemente… estoy.
¿Ya sabes quién soy?

Soy yo con la forma que
tú me quieras dar.
Soy aquello que llamas
y no está.
Soy tu miedo, al que hoy
mismo podrás abandonar
o transformar.
¡Atrévete!

Nada tan paralizante como el miedo.

Nada nos domina tanto como su presencia.

Pero ¿dónde está exactamente? ¿Qué es lo que hace que de pronto se instale en nuestras vidas?

Saber que todos hemos padecido miedos semejantes puede ser muy tranquilizador para un niño.

Saber que podemos, en alguna medida, controlarlos, también.

Este libro es una invitación a acompañar a los pequeños a mirar al miedo a la cara, a reconocerlo, para comenzar a transitar un camino de descubrimiento, tendiente a controlar aquellas situaciones de temor que generan tanta angustia y desolación.

JAN TICH

REALIZADO CON EL MÁXIMO DESEO
DE QUE AL LEER ESTE CUENTO
EL NIÑO QUE TIENES A TU LADO HAYA VIVIDO UN MOMENTO DE AMOR.

nicanitasantiago

LIBROS PARA CHICOS • BOOKS FOR CHILDREN

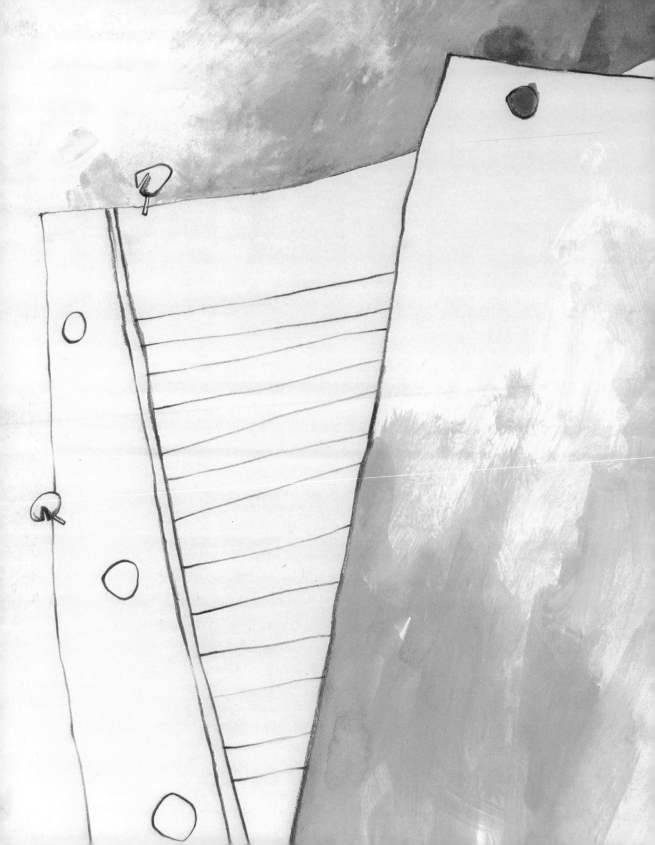